MATÍAS

pierde su lápiz

Para Verónica Uribe
y Verónica Antoñanzas

Edición a cargo de Verónica Uribe

Dirección de arte: Irene Savino

Primera edición 2004

Edif. Banco del Libro. Av. Luis Roche, Altamira Sur,

Caracas 1062, Venezuela

www.ekare.com

ISBN 980-257-299-3

HECHO EL DEPÓSITO DE LEY. Depósito legal: lf 15120038001895

Fotolito: Pacmer, S.A.

Impreso en Caracas por Editorial Arte

Rocío Martínez

MATÍAS

pierde su lápiz

EDICIONES EKARÉ

Penélope ha ido a buscar a Matías para dar un paseo, pero le encuentra muy triste.

-He perdido mi lápiz preferido -dice todo mustio.

–¿Aquél con el que me
enseñaste a dibujar tréboles?
-pregunta Penélope.

–Ése -suspira Matías.

–No te preocupes, ¡te ayudaré
a encontrarlo! -exclama Penélope.

–¿Dónde estás, Matías? -se asoma Tomasa por la puerta.

–Estamos buscando su lápiz -responde Penélope.

–¿El que usaste

para dibujar el plano

de mi madriguera? –recuerda Tomasa.

–Ése –confirma Matías.

–No estés triste –le consuela Tomasa

–¡yo ayudo a buscarlo!

–¿Qué pasa?

–mira extrañada Antonia.

–Matías no encuentra

su lápiz favorito –cuenta Penélope.

-¿Aquél
con el que
ensayábamos a dúo
mis canciones? -añora Antonia.

-Ése -indica Matías.

-Anímate -le pide Antonia-. ¡Vamos a ver dónde está!

–¿Qué juego es éste?– pregunta Samuel.

–No es un juego –explica Penélope–

buscamos el lápiz preferido de Matías.

–¿Aquél con el que dibujabas la rayuela? –recuerda Samuel.

–Ése –responde Matías.

–¡Vamos! –dice Samuel– seguro que está por aquí...

—No sigamos buscando —grita de repente Matías—
creo que ya sé dónde lo dejé.

Matías abre una caja

llena de lápices chiquitos.

–Aquí está mi último lápiz preferido...

–confirma Matías–. Es tan pequeñito

que no lo podré usar más.

–¡Qué triste! ¡Qué pequeñito!

–dicen todos los amigos.

–Pero ¿viste cuántas cosas hicimos con él? –le consuela Penélope.

"Vaya" piensa Matías,

"es un lápiz chiquito pero

con muchas historias".